ربيع الفؤاد

ريهام عبد الله المنياوي

اسـم الكتــاب:	ربيع الفؤاد
اسـم المـؤلف:	ريهام عبد الله المنياوي
مراجعة لغـوية:	شركة دُنى لفنيات تقديم المحتوى.
الإخـراج الفـني:	شركة دُنى لفنّيات تقديم المحتوى.
تصميـم الغـلاف:	منى الموجي
رقـم الإيـداع:	2024-10931
الترقيـم الـدولي:	978-977-87417-5-9

دار فصحى للنشر والتوزيع

www.ingramcontent.com/pod-product-compliance
Lightning Source LLC
Chambersburg PA
CBHW051830130726
47987CB00003B/1479

ربيع الفؤاد

مجموعة قصصية

ريهام عبد الله المنياوي

قصة

تربية لا انتقام

كان ذلك الأب يتعامل مع ابنه كما لو كان عجماء من العجماوات التي يقتنيها، رغـم أنـه مـن ضـمن الآبـاء الذين يسـعون إلـى بنـاء أخـلاق مؤدبـة داخـل أبنـائهم لأجل الإقبـال علـى أجيـالٍ مثمـرة ولاستمرار الحيـاة على طبيعتها الجميلة، إلا أنه نظر إلى مفهوم التربيـة من منظور مختلف رغـم أن لديـه المطلب نفسـه في جعْلِ ولده الوحيد "يامن" مطيعًا مؤدبًا.

لكنـه انحـرف عـن المسـار كثيـرًا حيـث كـان يقـوم بإجبـار طفلـه علـى القيـام بأعمالِ الفلاحـة الصعبة وحمَّله ما لا طاقة له به، وكان يقوم بضربه وترهيبه بطرقٍ عنيفة بمجرد أن يتقاعس في المهـام الموكَّلـةِ إليه مـع أنهـا أكبـر مـن سنِّه الذي لـم يتخطَّ العشرة أعوام بعد.

فذات مرة أوكل الأب إلـى ابنـه مهمـة سـحب الأبقار لوحده وأخْـذها إلـى المـربط لتقييـدها، فكـان الطفـل مطيعًا لأمرِ والـده بـالرغمِ من شـعوره بـالخوفِ منـه ومن العجماوات أيضًا، وعنـدما قـام بسـحبِها قاوَمَتـه وخالَفَت مساره هاربةً إلى الحقل ولم يتحمَّل المسكين قـوة دفعها فـلا طاقـة لـه أو قـوة إن قورنَـت بهـم، وأصبـح الحقـل فـي خبـرٍ كـان؛ بعـد أن أفسـدته

العجماوات، وبنظرة الأب الغاضبة أدرك الابن أن يومه لن يمُرَّ على خيرٍ وقد أصاب عندما رُسمت علامات الضرب على جسده.

وهكذا كان سلوك الأب مع ابنه واستمرَّ في استخدام سلوكه العنيف ذاك والذي كان يزداد عنفًا مع ابنه إلى أن تحوَّلت صورته في نظر الطفل إلى وحشٍ لا يرحَم وأصبح يصاب الطفل بحالةٍ من الذُعرِ بمجردِ السماع بسيرة أبيه القاسي.

وهكذا ظن الأب أن خطته في زرعِ الخوف بداخل ولده نجحت فبتالي لن يجرؤ الطفل على مخالفته أبدًا حتى عندما يكبر، ولكن زراعة النبات في الأرضِ، ليست كزراعةِ الخوف في قلبِ بشر، فلكل منها نتائجها والأب ظنَّها سواء!

لذلك استمرَّ على طبعِه لسنواتٍ قلائل، كبر فيهم الطفل قليلًا بمشاعر متزعزعة؛ وذات يومٍ ضاق صدرُ الولد من شدةِ تكدُّس مشاعر الحزنِ واليأسِ بداخلِه بدأت بالظهورِ على ملامحِ وجهِه البريء، فقرر أن يبوح لأصحابِه عن معاناتِه وقساوة والده معه للتخفيف عما يشعر به من مشاعرٍ تخلط بين الخوفِ والضعف.

وكــان عليـه التفـاهم مـع والـده وأن يتشـجع على مواجهته في الحديث فهو لم ينل حق الطفولة ولم يحظَ بتـذوُّق حلاوتهـا فهكـذا كانـت طريقـة تفكيـر أصدقائه الذين تَربوا بشكلٍ مثاليّ؛ فأنصت الولد إلى نصائحهم وقرر مواجهة والده أخيرًا ولكنه ارتكبَ خطأً صغيرًا.

في مساءِ أحد الأيام طلبَ الأب مـن ولدِه أن يذهبَ لحفرِ مجرى ميـاه فـي أرضِـهم الزراعيـة لاحتمـال سـقوط الأمطـار، فأقدم الولـد علـى رفض أمـر أبيـه لأول مرة في حياته مُظهِرًا شجاعةً كبيرة بينما قلبه من الداخل من شدةِ الخوف يكـاد أن يتوقـف، فانفجرَ الأب غضبًا فقد شعر بـأن كل مـا بنـاه طيلـة السـنين الفائتة تهدم بكلمة فأخذ عصا، وبدأ بقوة يضرب على جسدِ ولدِه مفرغًا في ضرباتِه غضبه وغيظه ومن شـدتِهما لـم تتحمَّـل العصـا؛ فتكسـرت تلـك التـي لا شعور لها، فكيف بالذي يُضرَب بها؟! فإذا بـه الوالد يحضرُ عصا أصلب وأمتن منها، وواصـل التعنيف والولد رغمًا عنه بكى من شدةِ الألم وأخذ يناجي أمـه فجاءت لتخفِّف من غضبِ الأب فقال لها :

- دعيني؛ فأنا أُربِّيـه ليكونَ رجلًا نافعًا مُطيعًا لـي، فهكذا رباني والدي.

وبسبب فعلةِ الأب الشنيعة تلك، فقد "يامن" وعيه من شدةٍ وقساوة الضرب لكنه لـم يعلـم، بل وأيضًا طلب منه النهوض فلم يستجب له "يامن".

ولكن الأم شعرت بشيءٍ غريبٍ، فالولد لا يتنفس!

قـام الوالـدان بنقلِـه بسـرعةٍ إلـى المشـفى بلهفـةِ قلقٍ، فأخبرهمـا الطبيـب بـأن الولـد تعرَّض لضربةٍ قويةٍ على كبدِه فأُتلِف، ويحتاج إلى متبرعٍ بفصٍّ كَبِد، ومن الصعب أن نجد متبرعًا في هذا الوقت الراهن، فمـاذا فَعَل الأب المتسبِّب فيمـا حدث؟ قرَّر أن يكونَ هـو المتبرِّع!

وفعلاً نُفذت العملية الجراحية بنجاحٍ وعادوا سـالمين إلى البيت، ولكن قـام الأب بإخفـاء أمـر تبرعـه بكبدِه عن ابنه، وطلب من زوجته إخفاء الأمر عنه كذلك.

لكي لا يلين قلب الولد، وليستمر هو في تربيتِه بنفسِ الطريقة والأسلوب دون أي تأثيرٍ ـللأسفـ ظنًا منـه أنه بهـذه الطريقـة سـيحصل علـى شـابٍ قـويٍّ مطيـعٍ يكون سندًا عند الكِبَر، ومـن تـارة أخرى، كـان الولد

"يامن" يظن أن ذلك الجرح في جانب بطنه السفليّ علامة قوية لكرهِ أبيه له، وأقسم بأن ينتقم منـه عندما يكبر.

توالت الأيام وتسابقت السنين إلى أن وصل الابن إلى مرحلةٍ جديدةٍ من العمـر، وأصبـح شـابًا قويًا جميلًا، ولكن قلبه كـالوردة الذابلـة، تغيَّرَت ملامحـه لكن لم تتغير نواياه تجاه أبيه.

وجاء يومٌ وأوكلَ فيه الأب أعمـال الأرض والزراعـة كلها علـى ابنـه، لِيُصعَـق الأب بـرفضٍ ابنـه لأوامـره بكلِّ تجبُّرٍ وبـلا ذرةِ خوف، فأراد الأب العـودة إلى تعنيفه عقابًا لـه وتأديبًا، لكنـه لـم يـستطع، فقد أكلت الشيخوخة عظمه فاتضح له في تلك اللحظـة أنـه قد أخطأ، وقد فـات الأوان لتصـحيح خطئـه الفادح، فقد تحول نظـام التربيـة الخـاطئ ذاك إلى نظـام للانتقام الآن.

أصبح الشابُ باردًا، لا يهتم ولا يخالـط والده لأيّ سببٍ، وكأنه غريـبٌ عنـه، إلى أن سـمع يومًـا بخبر نقل أبيه إلى المستشفى بعد سقوطه فجأة أثنـاء قيامـه بكلِّ أعمال الزراعةِ وحده، لِيعلم بعدها أنـه كـان قد

أصيب بمرضٍ في الكبدِ منذُ سنين وتفـاقم المـرض تدريجيًا.

لكنه لم يعرف بعد بأن ذلك المـرض في جسمِ أبيـه كان سبب نجاته تلك الليلـة، ووالده الآن بحاجةٍ إلى عمليةٍ جراحية تُقَام خارج البلاد على حسب كلام الطبيب.

فسافرَ الوالدُ مع أحدِ أقاربـه لأن ابنـه رفض الذهاب معـه لأجل إجراء العمليـة، وبعـدها بيـومين جـاءهم اتصال في البيـت، بـأن العمليـة الجراحيـة قد نجحت بفضـل الله ففرحت الأم وتبسَّم الشـاب، فـأرادت الأم أخيـرًا أن تخبـره بـأمرِ التبـرع ذاك لتـزداد ابتسـامته جمالًا، ولعله يكون لينًا هذه المرة مع أبيـه القادم من السفرِ راقدًا، وعندما أخبرتـه بالحقيقةِ أخذَت دموع الفرح والتأثُّرِ تتناثرُ من عينيه، لأنـه أدركَ أن جرح بطنه ذاك ما هو إلا علامة لحبِ أبيه له وليس كرهًا، فقرَّر أن يستقبله بقلبٍ رَحِبٍ وابتسامةٍ لـم تُرسَم منذ سنين له، لكن عيب السعادة أنها كالغالي التي ترغمنا الحياة على فقدانه وإن أتى لا يبقى طويلًا.

فعندما وصل الأب وجدوه ميتًا داخل السيارة نتيجة سكتة قلبية قال مرافق الأب:

ـ قتله تأنيب ضميره على ما فعل، وضاق قلبُـه حزنًا من قساوة ابنه فانفجر.

الخلاصة:

قــال أميــر المــؤمنين "لا تربـوا أبنـاءكم كمــا ربــاكم أباءكم، فإنهم خلقوا لزمان غير زمانكم".

قصة

معاناة مريض نفسي

خرجَت أسرةٌ مكونة من أربعةِ أفرادٍ للتنزُّه ذات مرة بالسيارة كعادتهم، و أثناء الرحلة جرى معهم حادثٌ مروعٌ توفيَ فيه أب الأسرة والأم، ونجى طفلهما "فريد" الذي يبلغُ من عمرِه ثمان سنوات وأيضًا أخته التي تكبره بخمسةِ أعوام ومنذ تلك الحادثة أصبحا يتيمان وحيدان في منزلهما الكبير، وعندما علم الأقارب و الجيران بأمرِ الحادث، تكوَّنَت بداخلهم مشاعر الشفقة والرأفة وباتوا يدعون لهم بالخيرِ، وتعاونوا في قرارِ تقديم العون والمساعدة لهما وقت الحاجة، فهكذا يكون الحب بين الجيران و الناس، ولكن عندما علموا بأنه قد تعرضت الأخت الكبرى إلى صدمةٍ في الرأس أثناء الحادث أفقدتها صوابها توقف الدعم و الدعاء وتوقفت الأقدام عن السير نحو منزلهما.

وبعد مرور شهر من بعد انقطاع الجميع عن هذين البريئَين جاء من يزورهما أخيرًا وهي؛ سيارة إسعاف قادمة من طرفِ مصحة الأمراض العقلية جاءت لاصطحاب الفتاة، وفعلاً أخذوها معهم ومنذ تلك اللحظة أصبح الطفل الصغير وحيدًا؛ وبسبب ما تعرَّض له من صدماتٍ متتاليةٍ صعبة، أُصيبَ بأزمةٍ نفسيةٍ حادَّة.

وبعد مرور عشر سنوات أصبح شاب نقي جميل.

"أُقـدم لـك نفسـي أنـا مـريضٌ نفسـيّ، أسـمع أصواتًا غريبةٍ، تشويش في دماغي صوته عالي، لكن لا أحد يسـمعه غيـري، ولا يوجـد مـن يسـمعه غيـري، ولا يمكننـي التخلُّص مـن هـذا الصـوتِ إلا بصفـعِ نفسـي بقـوةٍ، أصبحت أحب الوحدة فرضًا لأني لا أشـعر بـذاتِي بـين أصـدقائي المـزيفين، عُـزلتي فـي غرفِتي المُغلقة بإحكـامٍ حبَّبَتنـي في الليلِ وظلامِـه، لكن كل شـيءٍ يصبـحُ مخيفًـا فـي الظـلامِ الأثـاث، المطـبخ، النافذة، والسطح؛ وأحيانًـا رفيقي المُزعِج، لا يتوقَّف عـن الثرثـرةِ فـي أذنِـي؛ إنـه (الوسـواس القهـري) يرغمني دائمًـا على تكـرار تصرفاتي لأتأكد من أمـور متأكد منها ولا أجد من أتحدث معه، غير قِطـي الـذي أتـمَّ البارحـة عشـرة أعـوام، أظـافري أوشكت على الاختفاء من شدة توتري، وجسـدي يشبه قوس قزح في لونِه، السماء تمطر في فصلِ الشتاء وأنا عينـي لا تتوقف عن الهطول طوال السنة".

هكـذا قـال الشـاب "فريـد" مـع أولِ لقـاءٍ مـع طبيِبـه النفسـيّ في السـاعة الحادية عشـر صباحًا يـوم الأحـد، وعندما علم الطبيب بالمعاناةِ التي عاشـها هذا الشـاب

طيلة العشرة أعوام، وحيدًا في المنزلِ؛ عـذرهُ على الحالة النفسية التي وصلَ إليها، وكتب لـه علاجًا ثم سأله إن كان لديه هدفًا ما يودّ تحقيقـه، فأجابـه الشاب أن هدفـه الوحيـد والأساسـي هـو إخراج أختـه مـن المصحةِ العقلية، خصوصاً بعد أن علم بعد آخر لقاء بينه وبينها أنها قد شُفيت تماماً لكن مـا حدث أنهم رفضوا إخراجها من المصحَّةِ لاحتياجهم الشديد إلى الدعم المالي، وقرروا عـدم إطـلاق سـراحها إلـى أن ينتهي حساب والديها في البنكِ الذي ورثته عنهما بما أنها تنتمي إلـى أسرة كانـت مـن المترفين، مستغلين وحدة أخيها وأنه لن يقدر على الدفاع عنها .

وبعد قضاء ساعتين مع طبيبه النفسي غادر المشفى ليلتقي مصـادفة بأصدقائه فأتحفوه بكلماتِهم المعتـادة التي تمادوا فيه هذه المرة:

- ألا زلت تسعى إلى الشفاء؟ مستحيل أن تجد علاجًا لمـرضٍ لـيس فيك! لأنـك لسـتَ مـريض نفسـي، بل مريض عقلي.

- افهم! لا فائدة من محاولاتك، لأنك أصبحتَ مجنونًا يا عزيزي، ومكانـك المناسب لـيس هنـا، بل بجانب أختك في المصحة العقلية، وشـكرًا لأنك تغيب عن

المدرسةِ فهذا مريح لنا ولأعصابِنا فتأثيرك سلبيّ علينا.

ظلَّ "فريد" ساكتًا أمام إهاناتهم، وكلامهم الذي يدعو إلى كسر الخاطر، وتحطيم النفس وفي لحظةِ سكوته تلك كانت أفكاره بداخل رأسه تتضارب، ثم نظر إليهم نظرةً مليئة بالحزنِ الشديد والغضب الأشد فخافوا منه وفروا هاربين متهربين من جرحٍ جديدٍ أحدثوه بداخل قلبه دون أيّة مبالاة.

بينما هو لا يزال ساكنًا مكانه منشغلًا ومنزعجًا بسماعِ صوت أنينه النفسيّ، وتشويشه العقلي، اللذان يسعيان إلى تدمير جمجمة رأسه للخروجِ إلى المتسع، لعل أحدًا ما يسمعهما ويراهما، إلى أن وجد "فريد" نفسه مقيدًا باللباس الأبيض داخل سيارة الإسعاف نفسها التي قامت بأخذ أخته قبل عشر سنين ويكتشف أن من استدعاهم لاعتقاله هو طبيبه النفسي بعد قيامهم بشكره على اتصاله.

وبعد انقضاء أسبوع كامل على حبس الشاب داخل إحدى غرف المصحة دون رؤية الشمس أو القمر جاء صباح اليوم الثامن وفي الساعة التاسعة، دخل عليه طبيب ومساعده فنظر إليهما نظرة باردة

وهادئة ومن ثم طلب الطبيب منه القيام بخلع قميصه لإجراء الفحوصات.

فقام الشاب بخلع قميصه كما طُلب منه فتملك من الطبيب ومساعده التعجب من لون جسده الغريب حيثُ كانت كل بقعة في جسده بلون مختلف، فعَلِما بعدها أن سبب ذلك يعود إلى الشخبطة على جسمه، ونظرا إلى أظافره فوجداها قصيرة إلى حدٍ كبير وتنزف الدم كثيرًا بسبب أنه يقوم بقشطها بأسنانِه حتى تكادُ يديه أن تكونا بلا أظافر، فسأله الطبيب:

ـ ألن تقول أي شيء عن حالك هذا؟

فقال الشاب أخيرًا بعد دوام صمته لأسبوع:

ـ كيف لي أن أتكلم في مكانٍ لا يُصدَّق فيه سوى كلام الأطباء، إن قلت أني لست مجنونًا لن تصدقوني وإن قلت أني مجنون تعجبتم من كلامي، أحيانًا أشك في أمركم وأشعر أنكم المجانين الحقيقيين هنا لكن تمثلون دور الأطباء.

فغضب الطبيب والممرض وأمراه بخلع بقية ملابسه لتعذيبِه عقابًا على سلاطةِ لسانِه فرفض الشاب فعل ذلك فأرغماه لكنه قاومهما وهرب من الغرفة

راكضًا بسرعة نحو غرفة أختهِ وأمسكها من يدِها وهربا مسرعَين إلى السطح، بعد أن سرق الشاب مكبرًا للصوتِ وأخذه معـه، بينمـا الممرض يلحق بهما بأمرٍ من الطبيبِ وعندما وصـل الشاب وأختـه إلى السطح، أقدما علـى الوقـوف عند حافة المبنى رغم قوة الريـاح الشـديدة وأخذ فريد المكبر وبدأ يناجي الناس خارج المصحة ويصرخ قائلًا أنه ليس بمجنونٍ وكذلك أختـه الكبيرة، ولـم يحاول الممرض إيقافهما بعد وصوله إليهمـا خصوصًا بعد أن لاحظ عدم اهتمام الناس بما يقولانه، فوجد أنه ما من داعي للتدخُّل، لأنـه ظـن أن لا مهرب لهمـا ومـن ثم عاد الممـرض أدراجـه علـى أسـاس أنـه لا يعلم عـن أمرهما شيئًا، لكن الشاب وأخته لـم يستسلما و أصرًّا على إظهار الحقيقة، وهي أنهما بكاملِ قواهما العقليـة إلى أن بـدأ عـدد النـاس بالازديـاد، وكـان مـن بينهم ظهـور الطبيب النفسي المعـالج لحالـة فريد النفسية. واتضح أنه قام من البدايةِ باستدعاءِ المصحة لاعتقال "فريد" بناءً على خطة دبرها معـه لصـالحه ولصـالح أخته التي ضاع مستقبلها بداخل المصحة.

ويعد أنه الوحيد من يعرف الحقيقة لكن لا دليل، لذا كان عليهم خلق الدليل بأنفسِهم وبعد لحظات حـاول

الطبيـب فيهـا الحصـول علـى مكبِّرٍ للصـوت أيضًا لاستكمال الخطـة وطلـب مـن فريد وأختـه باستخدام المكبر أن يثبتا صحة ما يقولانه بقفزهمـا مـن أعلى المبنـي اللـذان يقفـان عليـه فتعجب النـاس لأن ذلـك التصـرف سيثبت عكـس قولهمـا وأنهمـا مريضـان عقليـان بالفعلِ فضـحك البـعض بسـخريةٍ ولكـن الشاب يعلم بأمر الحيلة، وفهمت أختـه أيضًا المقصـد من نفسـها دون توضيحٍ مـن أخوهـا وبالطبع رفضـا القفـز فأظهر تصـرفهما هـذا للنـاس أنهمـا ليسـا مريضين عقليين، وإلا كانا قفـزا لكن أحد المرضى العقليين الحقيقيين أنصـت إلى كـلام الطبيب النفسيّ عند سماعه وأراد القفز من أعلى المبني نفسـه، الـذي يقفـان عليـه الشـاب وأختـه، ولحسن الحـظ قـام فريد بالتقاطِه في آخر لحظة ممـا زاد الإثبـات قوة، وبهذا أكَّدَ فريد صحة كلامـه واستطاع تحقيـق أهـم أهدافـه وهو إخراج أختـه من ذلك السجن ومعاقبـة مـن هم كـانوا السـبب فيمـا حـدث مـن البدايـة أي مسؤول المصـحة واتباعـه وبهـذا أُتـيح للشـاب فريد وأختـه الولوج إلى حيـاة أفضـل وبإمكان مرضـه النفسي أن ينـدثر لأن تحقيـق الأهـداف يولـد الفرحـة والفرحـة علاج.

الخلاصة

المريض النفسي أو المريض العقلي ليسا بغريبين، إنما هما ضحية لصدماتٍ عاطفية وضغوطات نفسية وأنفُس معادية تحالفت مع المرض ضد المريض، كما أنه لا يجوز تشبيه المرض النفسي بالعقلي لو مجرد تشبيه، لأنهما مختلفان اختلافًا تامًا، كما أن هناك الكثيرون ممن يخافون المريض العقلي لكنه ليس بكائنٍ فضائيٍّ قادم من كوكب خارجيّ لنخاف منه وإنما هو كما ذكرت في الأعلى ضحية لإصابة أو حادثةٍ ما.

ما أردت قوله وترسيخه في أدمغتنا جميعًا، أنـه في نهايـة الأمـر هـي كلهـا أمـراض، فمثلما السرطان مرض خطير؛ الأزمات النفسية مـرض خطير أيضًا وفي الحقيقة لا يمكن وضعهما في مقارنة معًا، لكني أود أن أوضح لك عزيزي القارئ وعزيزتي القارئـة مـدى قوة تـأثير كِـلا المرضـين على حياة الإنسـان، وأحيانًا تكون أحد الأمراض النفسية ناجمة أساسًا من الأمراضِ الجسدية كأمراض القلب أجارنا الله.

ومثلمـا الصـداع علـى سـبيل المثـال مـرض يـزعج الـدماغ، فالإصـابات العقليـة أكثـر إزعاجًـا وألمًـا

ومعانـاةً، ولا يمكـن مقارنتهـا بالصـداعِ أصـلًا، فلِمـا نفرِّق بين الأمراض، رغم أن كل الإصابات النفسية والجسـدية والعقليـة تبـدأ بكلمـة مشـتركة وهـي "مرض".

وإن الله عز وجل لـم يخلق مرضًا، إلا وإن كـان لـه علاجه ونحن البشـر، أول وأهم تحفيز للعلاج أيًا كـان نوعه لذا ما رأيكم في أن نصير كـالعلاج ذو التـأثير الفعـال، والمـذاق الجميـل لكل متلقي ونحارب مـع المـريض لا المـرض! وبهـذا سـتتلاشـى الأمـراض وتسود السعادة بإذن الله.

قصة

الخليل والطمع

في قريةٍ صغيرةٍ يسودها الفقر والانعدام، يحكى أنه كان يعيش فيها رجلٌ مات منذ سنين سُمِّيَ بالخليلِ، وُصفَ بالسِلم والكرم رغم ضيق معيشته، وكان مسالمًا، محبوبًا محبًا للخيرِ، وتلك الصفات التي حُمل بها جعلت من خبر موته كابوسًا، خاصةً عندما وجدوه طريحًا في منزلِه مقطوعَ الرأس.

بدأت قصة مقتله في اليومِ الذي قرَّرَ فيه الخليل السفر على أقدامِه بحثًا عن مصدرٍ للرزقِ مُحمَّلًا بالماءِ فقط، فهذا كل ما كان يملكه حينها، ولم يمضِ أكثر من يومين ووجدوه أهل القرية عائدًا بعشرةٍ من الإبلِ محملةً بمنافع للجميع من أدواتٍ، قماشٍ وحبوبٍ للزراعةِ وبكلِّ ما لذَّ وطاب وما يفيض ويزيد عن ذلك أيضًا.

وقام بتوزيعِها على كل سكانِ القرية مما نشر الفرحة في نفوسِهم البسيطة، إلا خمسة رجالٍ أشقاء يسكنون في منزلٍ واحدٍ، دفعهم سوء حالهم الذي لا يختلف عن الآخرين وحرمانهم من الزواج بسبب ذلك، أخذوا يتربصون به منذ عودته من سفره، أرادوا معرفة سر حصول الخليل على كل هذه النعم والخيرات فجأة رغم أنهم نالوا نصيبهم منها، إلا

أنهــم أصـرُّوا علــى معرفــةِ الســبب بأسـلوبٍ غيـر مرئي!.

وفي إحدى الليـالي دامسـة الظلـام في نفس التاريخ الموافق لـ ١٤ من هاتور قام الخمسة أشقاء بزيارةِ الخليل في منزلِـه المبنـي من الطوب اللبني كبقيـة منازل القرية.

وبعد قيام الرجل الخليل بضيافتهم بما يقتني من طعامٍ وشرابٍ بدأوا يتجاذبون أطراف الحديث معـه، حتى أخبرهم الخليل بصفاءِ نية وصدق لسان، أنه عندما سافرَ خلال الصـحراء والتي تتَّسـم بصغرِها، تعثَّر بسببِ شيءٍ قاسٍ وإذا به يجد أن مـا تعثر بسببه هو صندوق متوسط الحجم بدونِ قفلٍ، ولاحظ نقش على سطحه يقول "حلالٌ على من يجده."

فخمن الخليل الخير بداخلِه وبالفعل وجد بداخله ذهبٌ خالص، فلم يرجع إلى القريـة بل استمرَّ في رحلةِ سفره إلــى أن وصـل إلى المدينـةِ المقصودة، وقـام باستبدالِ جزءًا من الذهبِ بالمنافـع القـادر علـى نقلِها إلـى القريـة، ثمَّ عـادَ إليهـا ليشاركوه أهلها فرحتـه، فباشر الخمسة أخوة بسؤالٍ إضافيٍّ وهو:

- أين المتبقي من الكنز؟

فأجاب الخليل:

- حصل عليه مستحقيه.

لم يفهموا معنى ما قالـه، وفي لحظـةِ اشـتعال الطمـع بداخلِهم، في نفس تلك الليلة التعيسة، اغتـالوا الخليل وقاموا بقطع أنفاسه مستغلين ضعف بنيته مقارنةً بهم وتأكيدًا على موتِـه؛ قاموا بذبحِـه وفصْل رأسـه عـن جسده.

ومن ثم قام الأخوة الخمسـة بدفن جثـة الخليل تحت تراب المنزل في الحمَّامِ بالتحديدِ، بعد قيامِهم بالحفرِ إلـى أن وصـلوا إلـى عمـق ثلاثـة أمتـار، دون تأنيبِ ضمير!

وبعدها أخذ الخمسةُ يبحثون بلهفةٍ عن ذلك الكنز فـي أرجاء المنزل، والذي عبارة عن غرفةٍ وحمـامٍ فقـط، وأخذوا يحفرون أيضًا في جميع النـواحي والزوايـا حتى انقلبت الغرفة رأسًا على عقبٍ، لكنهم لـم يجدوا أي أثرٍ له مما أثار تساؤلاتهم وانزعاجهم!

وبعد ساعات استمرَّ فيها البحث بلا جدوى، قرروا المغادرة والعودة للبحثِ في الصباح التالي وسرعان ما بدلوا رأيهم من المغادرة إلى المبيت خوفًا على إضاعة فرصة الحصول على الكنزِ، ومع شروق الشمس.

حدث أمرٌ عجيبٌ، فقد قام (الخليل) بإيقاظِ الخمسة أخوة من سباتهم وقد كانت ردة فعلهم طبيعيـة، لأنهم ظنوا أنهم لا يزالون غارقون في نومهم العميق بينمـا في الحقيقة كانت روح الخليل تتربص بهم فعلًا!

وعندما أفاقوا وجودوا انفسهم داخل حفرة واسعة عميقـة داخل مسرح الجريمـة (المنزل)ـ مما أثار بداخلِهم الريبة، وعند محاولتهم الخروج من الحفرةِ شـاهدوا الخليل يجلس على كرسيه الخشبيّ ينظر إليهم على هيئةِ جسدٍ بلا رأس، فُزعوا بشدةٍ ومن شدَّتِها فَقَدَ أصغرهم وعيه تمامًا حتى ظنوه مات.

نهض الخليل من على كرسيه متجهًا نحوهم، ارتجف الأربعـة البـاقين مـن شدةِ الخوف والريبـة وفروا هـاربين بجلـدِهم، تـاركين خلفهــم أخيهم الخـامس متناسيينه، و ظنوا أن لعنة الخليل أصابتهم وروحـه تودّ الانتقام.

ومع ذلك لم يقلّ إصرارهم على الحصولِ على الكنز وعادوا إلى بيت الخليل في منتصف الليل، وحينها لم يجدوا أخيهم الخامس حيثما تركوه ولم يكن هناك أثرًا للحفرةِ أيضًا ولم يتعرَّضوا للخليلِ من جديدٍ كذلك ولكن اشتموا رائحة كريهة منبعثة من مكان الحفرة نفسه التي كانوا قد بداخلها في الصباح.

قاموا بحفرِها ووجدوا أخيهم الخامس مدفونًا في حضنِ الأرض، وعلى الرغم من حزنهم على أخيهم إلا أن الرغبة في حصولِهم على الكنزِ لم تيأس بداخلهم.

وقسَّموا المهام عليهم، حيث سيقوم اثنان منهم باستكمالِ الحفر بحثًا عن الكنزِ، والاثنان الآخران يأخذا بجثةِ أخيهم الخامس إلى المقابر لدفنِه، ومن ثم بدأ كلًا منهم بمهمَّتِه، ذهب اثنان وبقيَ اثنان في المنزلِ.

لم يتبقَّ لهما سوى مكانٍ واحدٍ لم يبحثوا فيه، وهو المكان الذي دفنوا فيه جثة الخليل، أنه الحمام؛ ترددوا في البدايةِ بعدها صمما على البحث فيه بقلوب مشتعلة لهفة للكنزِ وخوفًا من صاحبه أيضًا.

قاما بالحفرِ في الحمامِ و أخرجا جُثَّة الخليل الهامدة، ليتضح لهما أنه ما من شيء في هذا المكانِ أيضًا، فخرجا من الحمامِ محزونَين لِيُصدما من جديدٍ برؤيةِ الخليلِ أمامهما، ولم يستطيعا تمالك نفسيهما فالخوف كان يرجف أقدامهما.

ثم توجها إلى باب الخروج بسرعةٍ ليجداه مغلقًا ومثبتًا بإحكامٍ، فلـم يستطيعا الهـرب، و تجمَّدت أعصـابهما وأسماعهما التـي أنصتت إلـى كلمـات تهمس وتقول:

"الوسيلة الوحيدة للهروب هي الموت!"

فالتفتا إلى الصوت مدركَين أنه لا مهرب لذا عرضا على الخليلِ صفقةً، تركهمـا وشـأنهما مقابـل تنفيذهما لأي طلب يريد، فقالت روح الخليل:

- من يقتل الأخر أولًا، سيبقى حيًا.

فـانقضَّ الأخَــوان علــى بعضِـهما كأسـدين شرسين يسعيان إلى السُلطة، وقـام الأقوى بينهمـا في البنيةِ الجسدية بـدفع نظيـره أرضًـا، وبعدها استلقى عليـه حتى قطع أنفاسه، وبعدها نهض قائلًا متنهدًا:

ـ قتلته، إذًا أنا الناجي.

فقال له:

ـ مجرم قتلت أخيك!

فأخذ الرجـل يتصبب عرقًـا، فقلبـه وجِـل مـن الروح المتربصـة بـه والتي تقتـرب منـه شيئًا فشيئًا، حتـى فضّل الرجل طعن نفسه بنفسِ السكين التي ذُبح بها الخليل، على أن يشهد عذاب الخليل وقد فعل وطعن نفسه!

بينما الأخوين الآخرين كانـا قد وصـلا إلـى المقابر بينما الظلامُ دامس، وبعد قيامهما بوضع جثـة أخيهم في حفرة الدفن، سرعان ما بدأ المدفون بـالتحرُك مـن تلقـاءِ نفسـه، فبـادر الأخـوان بـالردمِ عليـه بـالترابِ بسـرعةٍ قبـل أن يُلحـق الأذى بهمـا، ظنًـا منهمـا أنه تحرَّكَ بسبب لعنة الخليل وغضبه عليهم.

وبينمـا يلتقطـان أنفاسـهما سمعـا صـوت الخليلِ مـن الخلـفِ فأدركـا أن نهايتهمـا باتت وشيكة، وبمجرَّدِ محاولتهما للالتفات تعثَّرا ووقعـا في الحفرة بجانبِ أخيهما الذي قال لهما:

- هل ما زلنا في الحفرة؟!

فصرخ الأخـوان مـن الخوفِ نادمـان علـى فعلتهمـا، متمنيان لو أن كل مـا حدث لـم يحدث ويكـون حلمًا، ولحسنِ حظهم أن ما حدث معهم ما هو إلا حلـم حقًّا، اعتراهم أثناء نومهم في منزلِهم حيث استيقظ الأربعة وهم يصـرخون نتيجـة ذلك الكابوس الذي اعتـراهم كلهم إلا أصغرهم.

وقد بدء الكابوس منذ أن تركـوا أخيهم الأصـغر في منزلِ الخليل بعد قتلـه وعـادوا إلـى بيتهم، ومنـذ أن خلدوا إلى نومهم بدأ الكابوس، لكنهم لم يدركوا ذلك، وعندما شاهدوا أخيهم الأصـغر معهـم سالمًا اجتمعوا حوله وأخذوا يعتذروا منـه لأنهـم قصَّروا في حقـه، وقصروا في حقّ أنفسهم، فأخبرهم أخيهم بأنـه لم يتعرض لأذى أو تقصير فعندما عـاد وعيـه إليـه، لم يجد أحد سوى الخليل.

الذي سمح له بالذهابِ دون إلحاقِ الأذى بـه، فعاد إلـى البيت ونام بجانبِ إخوتـه الأربعـة، فـأدرك إخوته أن مـا حـدث كـان حلمًـا بالفعلِ، ولا حقيقـة لـه باستثناء حقيقة مؤلمة واحدة وهي مقتلهم للخليل.

وفـي الليلـةِ نفسـها فجـأة طُـرِقَ بـاب منـزلهم فظنوهـا روح الخليـل قادمـة لتنـتقم هـذه المـرة، وفتحـوا البـاب بحـذرٍ ليجـدوا أن الطـارق يكـون أحـد أبنـاء القريـة ويحمل في يدِه كيسًا صغيرًا، قائلًا لهم:

- خذوا نصيبكم.

فتعجبوا متسائلين:

- أي نصيب؟!

فـأخبرهم أنـه نصـيبهم في ذهبِ الخليـل، فقد شـعرَ الخليـلُ أن أجلـه بـات قريبًا فسلَّم البـاقي مـن الـذهبِ لشـيوخ القريـة قبـل أيـامٍ موصي بتوزيعِـه علـى كـل سـكانه عدلًا، شـعر الأخـوة الخمسـة بتأنيـب الضمير المفرطِ، وتكريمًا لروح الخليل قرروا نقل جثته إلـى المقـابر لدفنـه ليصدموا هنـاك أن سكان القريـة قـد التمُّوا علـى جثةِ الخليل في منزلِـه باكين متسائلين، فقام الخمسة أخوة بالاعتراف بجرمهم الـذي ارتكبوه في حق الخليل الذي أيقظ ضمائرهم.

فلـولاه لتقاتلوا حتى المـوت في سبيلِ الحصـول علـى كنزٍ فانٍ، نالـوا الأخـوة الخمسـة جزاءهم بعـد توبتهم

بفضل الخليل الذي فضّل أن ينصـحهم على الانتقـام منهم.

النهاية

لا شك أن الجوانب السيئة في حياتنا متناثرة لكن يبقى الجانب الجيد فينا هو العائد والأساس.